D1667220

Tony Valente
RADIANT

Inhalt

ZUSAMMENFASSUNG DES VORHERIGEN BANDES:

Bei dem Versuch, die Bevölkerung von Bome vor einem Blitzangriff der Domitore zu schützen, wird unsere Heldengruppe mal wieder auseinandergerissen! Melie wird von den Domitoren gefangen gehalten, Doc ist immer noch in der Akademie der Inquisitoren und Ocoho ist mit Lupa und Diabal zusammen. Fest entschlossen, die Gruppe wieder zusammenzuführen, überzeugt sie ihre neuen Kameraden in letzter Minute, Melie zu retten. Seth hat keine Chance, sich zu befreien: Er ist in einem der am strengsten bewachten Türme von Bome eingesperrt, hat eine ganze Horde Nemesis unter seiner Haut eingegrenzt und ihm fehlt jegliche Kraft. Dragunov ist von Seths Unschuld überzeugt und versucht, den überaus hartnäckigen Torque zur Vernunft zu bringen, was die Stellung der Inquisition gegenüber den Infizierten angeht. Er gesteht sogar, Konrad getötet zu haben ... Dieses Geständnis wird von Torque als unentschuldbarer Verrat aufgefasst! In einem Tobsuchtanfall lässt er Dragunov in seine Klinge laufen ...

Enga Lua

Seuil-Hügel

Möglich.

Verzei-
hung ... H...
Herr »Wie-
sel«?

Schht!
Bist du verrückt, so was laut auszuspre-chen?!
Auch noch mit-ten auf der Straße!
Die Domi-tore!
Ich muss unbedingt Ihre Partner treffen ...
Man sagte mir, sie seien der Einzige, der mir helfen kann!

Mach 'nen Abgang!
Hör zu, ich hab keine Ahnung, wovon du sprichst.
Bitte warten Sie!
Ich kann zahlen!
Ach so ...
Unterhalten wir uns woanders.

Kapitel 117

Die Unterstadt

TOK
TOK
Normalerweise lässt du dich nicht in die Unterstadt herab, oder?
Du kommst von da oben, oder? Vom Kronendach?
Äh ...

Ach, ganz einfach ...
Woher wissen Sie das?

Und noch weniger hätte er vor, sich mit Domitoren abzugeben!
Ah!
STOM
CHP
Keiner von uns wäre so bekloppt, vor dem Erstbesten mit einem Beutelchen voll Geld herumzuwedeln.

Wer ist das?
Unser neues Bankkonto!
Was?! A... Aber ...
Sie schlendert mit Taschen voller Geld durch die Straßen und hofft, Domitore aufzustöbern!

Ha ha ha!
Du hast doch sicher Familie, die bereit wäre, dafür zu blechen, dein hübsches Gesicht ohne Schrammen wiederzusehen, oder?
Eltern? Onkel? Freund?

Um sie zu sehen ...
Nun, du bist aber nicht in der Position zu wählen, was dein ...
Ich will niemanden verletzen! Ich ...
Ich will euch nur bei eurer heutigen Lieferung begleiten ...
?!
Wer hat dir von der Lieferung erzählt?!

Aaach, bitte! Wie gesagt, ich will niemandem Probleme verursachen ...
Aber ihr müsst mich zu ihnen bringen.
D... Das ist Lupa Lycco!
Die wollen ihren Kopf!
Schnappt sie euch!

SSP
PNCH
BZOO
OOM
Nicht mit bloßen Händen, ihr Idioten!
Mit Weißsilber-Waffen!
CHK
WOOO
-OOM

?!
SPO SPO
SPO
Die Waffen greifen uns an!
Das könnte übel enden!
Weg hier!

SHHHH!!!
Gwmpf ...
SHHHH!!!
Immer mit der Ruhe ... He, Lupa! Du ...

Das war nur ein Witz! Du warst mir vom ersten Moment an sympathisch!
Gerade noch wolltest du mich töten lassen.
Die bringen mich um, das weißt du!
Alles, nur das nicht!
Sollte mich das jucken?
Dann bringst du mich jetzt zu den Domitoren!
Hau mich nicht! Ich tue alles, was du verlangst!

Abschaum wie er versteht nur das Gesetz des Stärkeren.
Er hat verstanden!
Halt, Lupa!

Mit mir läuft das nicht so!
Das reicht!

TCH
Ich helfe dir, aber stell nie wieder meine Methoden infrage.

Du bist nicht hier in der Gosse der Unterstadt groß geworden und warst ihre Ware ...
Die sind immer bereit, aus jeder Verzweiflung Profit zu ziehen.

Er hätte nicht eine Sekunde gezögert, Lösegeld für mich zu fordern ... oder schlimmer.
Er wird uns zu ihnen führen.
Doch jetzt weiß er, dass ich nicht zögern werde, ihn zu töten.
Doch es gibt keine Garantie ...

... dass wir deine Freundin heil wiederfinden.
Hi hi ...
Nicht bewegen!

Ich sagte, nicht bewegen!
Umpf!
Du würdest nicht so nerven, wenn du der ohne eine Hand wärst!

Mag sein, aber du hast dich wie ein Anfänger zerstückeln lassen, nicht ich!
Also nerv ich, so viel ich will!
Pah! Ha ha! Du kennst echt keine Gnade, du Nörgler!
Ha ha ha!
Na los, zeig mal her!

Ich muss zugeben, die Mumie hat gut gearbeitet, um den Schaden zu begrenzen.
Nicht bewegen, ich wechsle den Verband.

Hör auf, sie anzustarren ...
Seit wann interessieren dich Frauen?
Seit du dir deine Mähne wachsen lässt, du Idiot!
Ihr Blick ... Erinnert er dich an nichts?
Hmm ... Nein, aber mir gefällt, wie verrückt sie glotzt. Warum?
Erinnerst du dich, als uns Adhes durch die Straßen schickte?

Na klaaar! Als wir als Händler verkleidet durch die Pampa rannten, um infizierte Kinder aufzulesen und zu bewaffnen!
Das war sooo nervig!
Damals haben wir sie getroffen! Ich bin mir sicher.

Und daran erinnerst du dich? Du warst doch noch grün hinter den Ohren!
Mag sein, aber ich war von ihr beeindruckt.

Nicht wegen ihres Blickes, der sich veränderte ...

Sondern wegen der Reaktion ihrer Mutter.
SLAK
Und der Tatsache, dass die Leute drum herum passiv blieben.

Ich glaube, das war das erste Mal ...
... dass ich am liebsten alle verdroschen hätte.
Ohne Ausnahme.

Ich dachte, du wärst wegen meines schlechten Einflusses so ein mieser Bastard geworden.
Aber du warst schon immer ein wütender Mistkerl! Ha ha ha!
Fast geschafft, Kamagoe, fast geschafft.
Bald beginnt Tartaros!
Akademie des Stabes
Ich freue mich, euch alle gesund und munter zu sehen ...
Trotz der Tragödie von gestern Abend.
Vermutlich ist euch aufgefallen, dass einer eurer Kameraden fehlt. Er ist heute bei seiner Familie geblieben.
Sein Vater gehörte zu den Himmelswesen.

Er wurde von Adhes getötet.
Erinnern wir uns seiner und aller anderen Inquisitoren, die ihr Leben verloren haben, um uns zu beschützen.

Das ist ungerecht.
Warum haben es die Infizierten immer auf uns abgesehen?
Können sie uns nicht in Ruhe lassen?

Es mag nur ein schwacher Trost sein, aber die Domitore haben ein Mitglied weniger in ihren Rängen.
Es handelt sich um einen gehörnten Hexer, der vor zwei Tagen versucht hat, den König zu töten.
Der Gehörnte?! Der aus Rumble Town und Cyfandir?
Genau der.
Unser Marschall hat ihn während seiner Flucht abgefangen.

Bellarmin ist stark. Ich wette, er hat ihn mit einem einzigen Schlag getötet. Zack!
Er hat ihn lebend gefangen. Der Kriminelle ist im sichersten aller Türme von Bome eingesperrt.
Puuuh!
Seth ist nicht tot ...
Na ja, zumindest noch nicht.
Bedenkt man, wo sie ihn hinverfrachtet haben ...
... könnte er diesmal tatsächlich noch ins Gras beißen.
Prinz Verone, wie geht es Eurer Mutter, der Kommandantin Ullmina?
...
Prinz Verone?

Schon gut ... Richtet ihr gute Besserung aus.
Wir zählen auf die Thaumaturgen, um die Bedrohung durch die Domitore zu bekämpfen.
?
Im heutigen Unterricht geht es um ...

Ich weiß, dass der Kleine ein Thaumaturg ist ...
Aber er ist nur ein Kind ...
Das beinahe seine Mutter verloren hätte!

PWIT

?
Himmelnochmal, dieser Blick!
Ich werd mich einfach nie dran gewöhnen!

Ich ... wollte dich fragen ...
Na ja ...
Wegen gestern ...
Wie geht's dir?

Aber ... du?
Wie geht es dir?
Hm?
Mir ist nichts passiert.
Nein, aber ... Ich mein, hier drinnen!
Du hast doch sicher Angst um deine Mutter!
Es ist normal, Angst zu haben, weißt du?
Deshalb frage ich mich, wie es dir geht.
Eine Kommandantin weiß, welche Risiken ihr Amt mit sich bringt.
Das Wohl der Bevölkerung.
Für sie wäre es eine Ehre, sich für das Wohl der Bevölkerung zu opfern.

...
Wie weiß man so was?
Es ist das erste Mal, dass mich das jemand fragt.

Lieblingszubehör von Lupa für ihre Verkleidungen ...
Sie versteckt perfekt ihr sehr auffälliges Muttermal.

Kapitel 118
Tot oder lebendig

Adhes stellt für euer Treffen eine Bedingung.
Und die wäre?

Nicht weit von dir entfernt befindet sich der Patrem-Hügel und in seiner Mitte der Gefangenenturm ...
Auch purpurnes Zimmer genannt, wo die ... problematischsten Hexer gefangen gehalten werden.
Du möchtest, dass Grimm die Gefangenen befreit?
Die Idee ist verlockend, aber zu anspruchsvoll.
Wir begnügen uns mit einem von ihnen. Ein junger Gehörnter, der gestern geschnappt wurde.

Das wird riskant.
Adhes zu treffen ist ein Privileg, das man sich verdienen muss.
Ich werde mit dir Kontakt aufnehmen ... wenn du das überlebst.
WIIIZ
Danke für deinen Optimismus!

Die Entfernung zwischen Grimm und dir ist unwichtig.
Die Wege hören nicht auf, sich zu kreuzen!

...
In welchen Schlamassel bist du jetzt schon wieder reingeraten, Gehörnter?

Die Nadel ist abgebrochen!
Seine Haut wird an der Einstichstelle schwarz und löst eine Energiewelle aus.
Probier's auf der anderen Seite.
Hast du eine bessere Idee?
Aber ... der Arm wirkt, als wär er aus Holz.
...

Hier klappt's!
Sehr gut. Fülle zwanzig Ampullen ab.
Morgen holen wir weitere.
Das sind viele!
Keine Sorge, er ist sowieso zum Tode verurteilt.
Da sind Glitzerpartikel drin ...
Ist das eine Besonderheit von geborenen Hexern?

Nein, das ist mir neu!
Bei den anderen beiden Gehörnten, die wir unter Beobachtung hatten, war das zum Beispiel nicht so.

Sie hatten auch nicht so hölzerne Haut.
Ob die beiden Dinge zusammenhängen?

Schade, dass die anderen beiden entkommen sind und dieser bald hingerichtet wird.

Ich hätte gerne noch mal diese tolle ...
... Teilregenerationsfähigkeit beobachtet.

Stimmt es, dass sie Folter besser vertragen als andere?
Bis zu einem gewissen Punkt ja. Darüber hinaus reichen ihre Fähigkeiten nicht aus.
Aber das wirst du bald selbst erleben.
?
Man wird ihn noch heute der peinlichen Befragung unterziehen.
Wir werden dem Henker während seiner Arbeit assistieren.

Um sicherzugehen, dass der Gefangene während der Befragung nicht ohnmächtig wird ...
... oder gar stirbt.

So viel Güte ... für einen gefährlichen zum Tode Verurteilten!
Das ist, was uns von ihnen unterscheidet, mein Lieber.
Wir haben unsere Menschlichkeit nie abgelegt.

Meinen Sie, dass dieses Blut trotz seiner Anomalie etwas nutzt?
Das werden uns die Technochemiker sagen.
Momentan halten sich ein paar von ihnen in Bome auf, sie begleiten die Handelsbarone zum Konzil.

Stellt euch das mal vor ...
Er dachte, er hätte Konrad getötet ... und bereute es.
Während ich nur bereute ...
... ihn nicht schon vorher getötet zu haben!

Ihr seid bereit, Eure Verbündeten zum Tode zu verurteilen ...
DZOOOO...
... während der Gehörnte seine Freunde zu verschonen versucht.
Mal unter uns ... Wer ist in diesem Kampf verroht?

Sein Wunder?!
Kapitän Draguonov sah vorhin etwas niedergeschlagen aus.
Das wäre ich auch, wenn der General mich hätte rufen lassen.

Soldaten! Wo war Dragunov, bevor ihr ihn zu mir gebracht habt?
Beim Training auf dem Bogenschießplatz!
Schlagt Alarm! Er muss aufgehalten werden!
?! Aber ... er war doch bei Euch ...

Alle zum Bogenschießplatz!
Dragunov ist ein Verräter. Er steckt mit den Hexern unter einer Decke.
Wir müssen ihn schnappen. Tot oder lebendig!

Es war keine Angst ...
Er war am Ende seiner Kräfte, erschöpft nach dem Einsatz seines Wunders, das er vor unserem Treffen aktiviert hatte.
Ich war so naiv ... Ich habe ihn unterschätzt!

Meinst du, er hat ihn vergessen?
Weiß nicht ... Kann man Wunder denn vergessen?
Vielleicht!
Dann meinst du, wir können den nehmen?
Nicht anfassen!
DOM
Ich wusste es! Ich wusste es!
Oh!
Oje! Du hast den Kapitän kaputt gemacht!

Tut mir leid, Kapitän!
Wir bringen Sie zum Arzt!
DOM DOM
Der Alarm?
Was ist passiert?
Umpf ...
!

Hnf hnf ...
DOM
DOM
Alarm, an alle Inquisitoren!
Kapitän Dragunov muss aufgehalten werden! Tot oder lebendig!
DOM
DOM

Ich muss ...
... mich entfernen ...
Aah!
»Patrem Inquisitor, Wunder-täter ...
... möge dein Glanz die Dunkelheit vertreiben!«

Scheiße ...
Wie soll ich ...
Umpf ... ohne
meinen Bogen
klarkommen?

XSXX
WUUUUUSHHH
Unnh ...
Die Verletzung öffnet sich weiter!
Lux
SXOMP

Alle in Alarmbereitschaft. Dart Dragunov muss gefunden werden!
Es ist unmöglich, dass er so einen Sturz überlebt hat, mein General!
Er ist ein Thaumaturg, sein Wunder kann ihn überall hingebracht haben.
Seine Gefangennahme ist so wichtig wie die der Domitore, bis er in Ketten vor mir liegt.
Ich muss weg ... Hmpf ... Der Patrem-Hügel ...
Sie dürfen ...
... nicht ...
BOM!!!
Ooo

Währenddessen bei Hurlä ...

Seth!
Seth, was ist los mit dir?! Seth!
Reiß dich zusammen, Junge!

Kapitel 119
Werkzeuge der Vernichtung

!!
Lass ihn! Wir müssen ihn isolieren!
Mach schon, Seth!
Er verschlingt dich!

Wooo...
POF
ZZZ...
Puh ...

Myr!
Ich bin k.o.
Ich hab Ewigkeiten versucht, diesen verfluchten Gast zurückzuhalten.
Du warst wieder vom Sidh abgeschnitten.
Ich musste die ganze Arbeit alleine erledigen!
Ich bin eingesperrt ... Das Schwarzsilber blockiert meine Fantasia.
Eingesperrt? In Bome?
Klingt übel!
Ja ... Ist richtig mies gelaufen.
Aber seit Kurzem bin ich wieder mit der Fantasia verbunden.
Jills Holz verbreitet sich im Turm, das spüre ich.

Die Äste wachsen nach draußen.
Noch ein kleines bisschen und ich zerstöre die ...
ZBAH

Die Zerstörung des Turms würde die Verdammung aller Gefangenen und Inquisitoren in seinem Inneren bedeuten!
Autsch!
Hör mal, Jill hat immer das Leben aller beschützt. Selbst das der Menschen, die unseren geliebten Wald verwüstet haben.
Ihr Erbe darf niemals zum Töten benutzt werden.
Niemals!
Ich will niemanden töten!
Sie wollen mir doch an die Wäsche!

Das ist nichts Neues!
Tja ...
Sind die anderen frei?
Glaube schon.
Keine Sorge, Kleiner. Die lassen dich dort nicht verrotten!
Ich bin nicht sicher, ob sie was unternehmen können ...
He, aber ... Hast du mich gerade Kleiner genannt?
Ist dir Doofi lieber?

Yaga nennt mich immer Kleiner! Ich wusste nicht, dass du ihn kennst!
Du hast mich nie gefragt.
Ach, wir unterhalten uns von Zeit zu Zeit, das ist unter Mitgliedern des Hexenzirkels ganz normal.
Du gehörst zum Hexenzirkel der Dreizehn?!
Logo.
Hast du noch weitere Geheimnisse?
Weiß nicht ... Stell mir Fragen!
Weißt du, wie viele Brüder ich habe?
Nein.
Kennst du meine Eltern?
Nope.
Grimms Infektion?
Wer?
Weißt du, wo Radiant zu finden ist?
Ja.

In deinem Herzen!
Und nur die Macht der Freundschaft kann Radiant enthüllen!

Das ist dieser Quatsch, den bärtige Greise in Märchen immer erzählen, oder?
Komm schon, woher soll ich bitte wissen, wo Radiant liegt?
Ich bin voll drauf reingefallen.
Wie peinlich ...
Ich hab schon genug um die Ohren mit dem Füttern der Babys ...
... deinem Gast, der Ärger macht ...
Wieso hast du ihn nicht eingesperrt? Hattest du doch schon gemacht.
Wir befinden uns auf deinem Inselchen. Hier habe ich weniger Macht, selbst wenn du mir Zutritt gewährst.

Meine Koboldhälfte muss etwas Fantasia auftanken gehen.
Doch der Wald von Caillte existiert nicht mehr. Die Fantasia ist verarmt.
Außerdem …
… benutze ich all meine Fantasia, um meine Kleinen im Bauch der Königin am Leben zu halten.

Es ist ein wenig, als würde ich fasten.
Ich werde schnell müde.

Er versucht noch immer, dieses Ding anzuziehen …
Es scheint, als würden die Nemesis, die du unter der Haut hast, sie nähren.
Und bald bist auch du leer gesaugt, wenn dein Gast so weitermacht.

Du bist voll mit der Fantasia, die die Nemesis trugen, als du sie eingegrenzt hast.
Es ist eine aggressive Fantasia, schmutzig und zerstörerisch.
Wenn du daraus schöpfst, verlierst du die Kontrolle komplett.
Jills Holz hilft dir, die Katastrophe hinauszuzögern.
Du bist nun ein Kind des Waldes, Seth.
Selbst im Kampf um dein Überleben, halte dich von Werkzeugen der Vernichtung fern.

Lass diese Nemesis frei.

Regalia-Hügel
Eine Sicherheits-lücke?
Enga, Schwester-chen ... Nenn es eher eine bewusste Un-terlassung.
Öh ... Yenne? Ist dir klar, was du da gerade sagst?
Die Inquisitoren sollen die Sicher-heit absichtlich sabotiert haben?
Aber es waren alle da, der König, die Generäle ... die Bevöl-kerung.
Wer hätte bitte Spaß daran, den Domitoren bei einem solchen Massaker zu helfen?

Oooh!
Domitoren-Komplizen!
Und was lässt sich angesichts der Größe des Vorhabens daraus ableiten?

Dass diese Komplizen sehr zahlreich sind ...
... oder in sehr hohen Positionen.
Deine Meinung?
Eine große Gruppe von Domitoren-Anhängern, die unbemerkt leibt.
Und das im Dienst der Inquisition in Bome? Das bezweifle ich.

Aber ein kluger Kopf in den hohen Rängen?
Ich fürchte, du hast recht, Enga ...
Wir müssen wachsam bleiben.

OM
KLIK

Wartet!

FWOOSH
Halt!
Schluss mit Kämpfen!
Sargon?!
?
Aber nein, nicht doch!
TPA!

Oberst Ininna?!
General Sargon?!
Nun hört doch, ich bin wirklich nicht ich!

Wir sind hier, um Informationen zu bekommen. Nicht, um zu kämpfen.

Und dazu kleidet ihr euch wie Mörder?
Das ist wahrlich schwer zu glauben!

Und ihr versteht sicher, dass wir in der aktuellen Situation ...
... auf der Hut sein müssen.

Ein General zum Beispiel.
Dann seid ihr zum selben Schluss gekommen wie wir.
Und ihr verdächtigt uns ...
Nicht mehr.
Bleibt herauszufinden, wer uns alle über die Klinge springen lassen könnte, ohne Verdacht zu erregen.

Wir können General Sargon und Vizegeneral Yenne von der Liste der Verdächtigen streichen.
Dann bleiben noch: Kron ...
Gentilheaume ...
Raïdon ...
Und Torque.

Nein, Torque nicht. Er ist in vielerlei Hinsicht fragwürdig, aber ...
Seine Verfolgung der kriminellen Infizierten ist kompromisslos ...
Eher würde er sterben, als sich mit Domitoren zu verbünden.
Dem stimme ich zu.

Und er würde nie Ullmina opfern, seine recht Hand.
Dann Kron?
Ihn haben wir heute Morgen beobachtet ... Den können wir auch ausschließen.
Und da, da haben die Thaumatore angegriffen!
Moment, oder waren es die Domifore?
Blödsinn, das ist der Name einer Käsesorte!
Himmel, wir wurden von einem Käse angegriffen?
Jetzt bin ich aber wütend!
Bleiben noch Raïdon und Gentilheaume.
Doch das sind schwache Fährten.
Und der Marschall? Er hätte die Macht!
Der König auch.

Zumal es heißt, dass er und die Inquisition von Bome im Clinch liegen.
Ein paar einflussreiche Inquisitoren zu eliminieren, würde seine Autorität stärken.
Klingt plausibel.
Es gibt noch einen Kandidaten.

Kapitän der Inquisition und Thaumaturg Dart Dragunov.
Man sagt, er werde vom Militär sehr geschätzt.
Sein Einfluss würde es ihm ermöglichen, einen solchen Coup zu inszenieren.
Trotz diverser Angebote hat er immer abgelehnt, im Rang aufzusteigen.
Vielleicht, um im Verborgenen zu agieren?

Er ist zweifelsohne der wahrscheinlichste Kandidat.
Da wir gerade solche Vertraulichkeiten austauschen ...
Ihr seid auf meine geniale Verkleidung reingefallen!
Unter dieser Maske ... steckt nämlich General Sargon.

Zeig her!
Klar, Junge.
Als du mich gerade verprügelt hast, war dein Arm im Myrddin-Modus ...
Kannst du alles verwandeln?
Was?
Weiß nicht, irgendwas!
POOF
!

Kapitel 120

Bedingungslose Freiheit

Es ist mir nicht gelungen, ihnen zu entkommen.

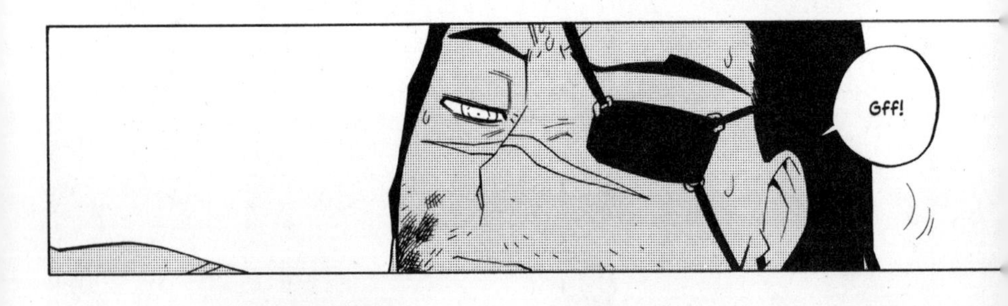

Gff!

Nein, Torque kann es nicht sein. Er hätte mich schon getötet.
Wach?
Regen Sie sich nicht auf, es ist unnötig.
Nur ein Soldat?
Vielleicht kann ich ihn zur Vernunft bringen.

Sie begehen einen gravierenden Fehler.
Ich bin kein Krimineller.
Wirklich?
Warum werden Sie dann gesucht? Tot oder lebendig?

Ich habe versucht, General Torque die Augen zu öffnen ...
Ich hatte seinem Urteilsvermögen vertraut.
Ich habe mich getäuscht.

Ihm die Augen öffnen ...? Bezüglich was?
... Dem allgemeinen Stand der Inquisition.
Wir sind dabei, einen Unschuldigen hinzurichten ...
... weil er in Zukunft eine Bedrohung darstellen könnte.
Warum also nicht gleich alle Menschen gleich nach ihrer Geburt töten?
So merzen wir das Verbrechen in Pharenos ein für alle Mal aus.
Das ist übertrieben.

Vorausschauende Mörder, das sind wir!
Wenn Sie die Möglichkeit dazu hätten, würden Sie diesen Unschuldigen retten?
Ich habe andere, dringendere Probleme.
Sobald du mich Torque aushändigst, werde ich ...
Grimm hat nicht vor, Sie auszuhändigen.
Wie bitte?
Grimm beobachtete das Hauptquartier der Inquisition, als Sie auftauchten.
D... Du hast mich gerettet?
Sagen wir eher ausgeliehen.

Sie haben nicht geantwortet.
Würden Sie den Gehörnten retten?

Ihr Puls sagt, dass Sie nicht lügen.
Grimm kann Ihnen vertrauen.
Und ich? Kann ich dir vertrauen?
Ja.

Wie in Cyfandir.
Unf ...
Sie und Grimm, Sie haben ein gemeinsames Ziel ... Sie sind als Verbündete erkoren.
Nein. Aber Sie haben keine Wahl.
Aaah!

Grimm hätte nicht zur Fantasia greifen können, um die nötige Behandlung anzuwenden.
Das Wunder hätte Sie getötet.
Ein Glück, dass Torque Sie nicht mit seinem aktiven Wunder getroffen hat.
Die Wunde ist verschlossen, aber Sie sind schwer verletzt.
Grimm sondiert Sie, um Sie gezielter behandeln zu können.
Wuush...
Was machst du da?!
Rrnnh!

Niemand kann sehen oder hören, was hier vor sich geht.
Grimm hat eine Verschleierungsblase aktiviert.
Aaaaah!

Schreien Sie, so laut Sie wollen.
Der Schmerz wird ein paar Minuten lang stärker werden.
Aaaah!
Doch Sie dürfen während der ersten Phase der Prozedur nicht ohnmächtig werden.
Das ist unerlässlich, um zu überleben.
Aaah!
Grimm wäre Ihnen dankbar, wenn Sie überleben.
Denn er braucht Sie!
HAAA!!!

Gut, wenn ich richtig verstanden habe ...

... befindet sich Seth da oben im Gefangenenturm.
Und das ist der Eingang.

Ich muss nur unauffällig da rein.
An den Millionen Augen vorbei, die das Tor bewachen.
Keiner kommt da raus.
!!
Ich lass niemanden raus! Das hab ich nicht vor!

Du hast von den gefangenen Hexern nichts mehr zu befürchten.
Sie werden gut bewacht und hier kommt keiner raus.
Ich hab mich verirrt!
Ich wollte nur ...
Ich glaube, ich weiß, wen du suchst.
Hä?!
Seth ...
Aufgarkeinenfall!
Er hat mich erwischt, ich bin am Arsch!
Ich wollte mich nach ihrem Zustand erkundigen. Begleitest du mich?

Hier ist der, von dem ich dir erzählt habe.
Das ist Seth.
Scheiße, ich hab ganz vergessen, dass sie mich Seth nennen!
Er wurde von der Bande des Gehörnten gefangen.
Mein neuer Klassen-kamerad.
Tut mir leid, dass du sie in diesem Zustand er-lebst.
Ich weiß, wie sehr du sie bewun-derst.

Ich dachte, dass ihr die Gegenwart von einem Bewunderer ein wenig Kraft geben würde.
Magst du ihr ein paar Worte sagen?
Ich hab's versucht, aber sie reagiert nicht.
Was für Worte? Ich kenne keine Wörter! Öh!
Kein einziges!
Er wirkt so verloren.
...
Ja ... Vielleicht kenne ich welche ...
Ein oder zwei.
Äh, Schinken ... ist ein Wort ...
Sonst, äh, gibt's auch noch ... Äh ... Ähm ... Pankreas ... Äh ...
Sie haben Besuch!
Später.
Aber es ist Herr Vulkeus!

Vulkeus
- König von Convictis -
Aus dem Weg!
Euer Besuch ...
Es ist selten, Besuch von Euch zu bekommen ...
Weil Bome mich anwidert!
Ich wurde zum Konzil gerufen. So wie viele andere Herren aus Estrien.
Ich habe gehört, dass sie im Sterben liegt.
Ich wollte sie noch einmal sehen, um ihr etwas zu sagen.
Oh, das ist nett ...

Es ist mir wichtig, dass du weißt, dass, egal was auch passiert ...
... ich mich weigern werde, das Sorgerecht für deinen verfluchten Sprössling zu übernehmen.
Das passiert mit Närrinnen, die die Adelsgarde verlassen.
Wenn du noch in meinem Dienst stehen würdest, würde ich mich um deine Bedürfnisse kümmern. Wie ich es mit allen anderen meiner Wachen tue ...
Du weißt schon.
Du hast dich für so clever gehalten, als du mich gezwungen hast, ihn als Prinz anzuerkennen, bevor du dich von mir abgewendet hast ...
Doch er wird niemals mein Erbe sein! Hörst du, Ullmina?
Es heißt Oberst Ullmina Bagliore, König Vulkeus.
Ich spreche nicht mit dir!

Und Ihr müsst Euch nicht um mein Schicksal sorgen.
Sollte sie sterben, wäre mein Platz hier bei der Inquisition und nicht bei Euch.
Äh, aber ... wenn er sein Vater ist ...
Dann ist er ... sein Sohn?

Nun ...
Erlaubt mir, dass ich Euch hinausbegleite.

Tss ...

Pff ...
Dieser Kleine ist manchmal echt angst-einflößend ...
Doch ...
... er hat auch wirklich kein einfaches Le-ben. Mit einem Vater, der ihn hasst, und einer Mutter, die im Sterben liegt.
Da ist mir fast meine Infektion lie...
Scht!

He ... Ihr Steine da!
Schhht!
(Wir sind nicht allein!)

Sie ist auf-gewacht?
Was hat sie gehört?!
Ich hab doch nichts Dummes ge-sagt, oder?!
Nein ... Ich erwähnte nur meine ...
Infektion!
Es ist um mich ge-schehen ...

Also ich sagte ... mir wäre fast eine Infektion lieber, eine ... Blaseninfektion!
So klappt's.
Oh! Pipi!

Pherseone! Was macht sie hier bei uns?
Sie wurde von Adhes eingeladen, das sagte ich dir bereits, Opilion.
Verkauf mich nicht für dumm, ich erkenne eine Geisel.
Ihre Tätowierungen zeigen, dass sie eine Verbündete des Gehörnten ist.
Sie könnte uns nützen, um ihn herzulocken.

Was geht denn bitte in Adhes' Kopf vor?!
Erst machen wir einen auf dicke Freunde mit den Inquisitoren, um Informationen zu bekommen ...
Und dann halten wir eine Vertraute wie Vieh gefes-selt?!
Was machst du?
Ich spiele hier nicht den Wärter!
Wir sind Domitore, ver-dammte Scheiße! Wir kämpfen oder wir sterben ...
Für die Infizier-ten!
Steh auf und iss etwas. Es ist noch genug übrig.

GIKK!
SWUSSHHHH...

FWoo
OOM
Ha ha ha!
Das ist der Kampfgeist, der uns fehlt!
Sehr schön, ich will mehr davon!
Opilion! Sie hätte mich beinahe getötet!
Vielmehr hat sie nicht gezögert, sich in Gefahr zu begeben ...
Für ihre Freiheit!
Ein inneres Feuer, das wir seit zu langer Zeit unterdrücken!

Nun sag mir ... Hast du nicht die Nase voll, immer brav an deinem Platz zu bleiben?
Dass andere für dich entscheiden?
Hast du's nicht satt, dass andere bestimmen, wo du hinsollst ...
Und sie dich im Stich lassen, wenn sie deine Dienste nicht mehr brauchen?

Wir sind Infizierte, sei stolz darauf!
Schließ zusammen mit uns Freundschaft mit den Nemesis!
Lass dir von mir beibringen ...
... wie man bedingungslose Freiheit genießt, meine Schwester!

Kapitel 121

Der Schein

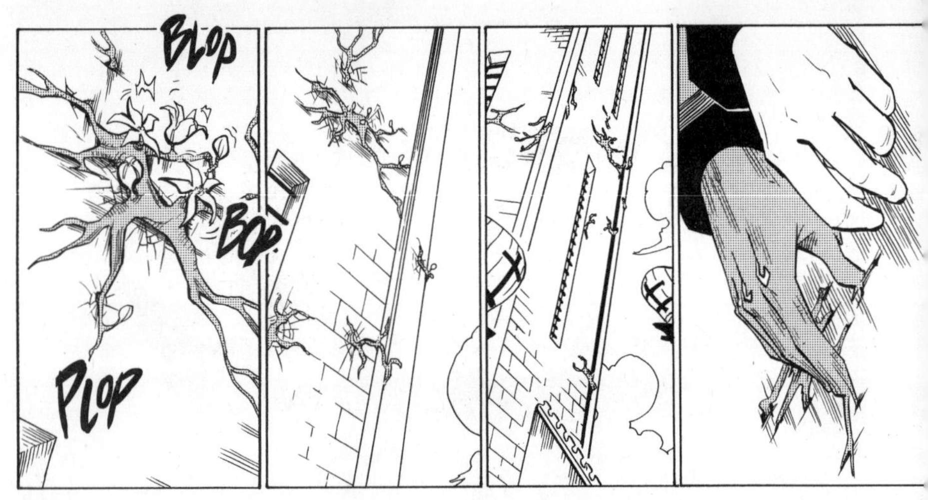
BLOP
BOP
PLOP

GASP

Immer noch hier ...

Wenn ich doch nur diese Ketten explodieren lassen könnte ... Nnh!
Es bringt nichts. Das Schwarzsilber schwächt mich zu sehr ...
Auch diese Nemesis!

Die Fantasia, die ich spüre ...
... kommt von draußen!
Ich sehe alles!
Das Holz hat sich über den Turm ausgebreitet!

Ihr Erbe darf niemals zum Töten benutzt werden.
Ja, ich weiß. Ich werde es vermeiden, den Turm in die Luft zu jagen.
Mal sehen ...
Ich bin voller Fantasia der Nemesis, die ich eingegrenzt habe. Doch die Ketten hindern mich daran, sie zu benutzen ...
Und Myr hat mir verboten, sie anzufassen.
Doch ich habe über eine andere Quelle Zugang, und zwar Jills Holz.
Ich werde wieder ohnmächtig ...
Argh!
Ich muss zuerst die Nemesis loswerden!
Jill!

Soll ich sie hier befreien?
Öh ... Allein und angekettet gegen wütende Bestien ... Tja.
Noch dazu sind sie fixer als ich.
Ich musste das Holz benutzen, um sie alle zu fangen und ...

Das Holz!

Veneficium revelare!
...

Hmpf!
Ich kann mich bewegen und es schmerzt nicht mal allzu sehr!
Es scheint, als wären die Knochen geheilt!
Sogar die Finger ...
Da bewegt sich was!

Es sind Fantasia-Kanäle, die sich außerhalb des Turms nähren und zusammenlaufen.
Der Gehörnte muss in der obersten Etage sein.
Hinter all den Schleusen und den Inquisitionstruppen.
Egal. Mit Gewalt hineinzugehen stand nie zur Debatte.
Was ist mit Ihrer Wunde?
Sehr viel besser.

Doch ich weiß nicht, ob es eine Verbesserung meines Zustands ist ...
... oder nur der Kontrast zu dem Schmerz, den du mir vorhin zugefügt hast.
Die Fantasia pulsiert.
Der Gehörnte bereitet irgendetwas vor.
Ich ...
Ich spüre sie auch pulsieren.
Perfekt.
Bei der Untersuchung habe ich einen leichten Widerstand festgestellt.
Womöglich eine Gewöhnung an die Fantasia.

Liegt es daran, dass Sie oft gegen Infizierte kämpfen oder mit ihnen zu tun haben?
Oder an Ihrer Natur als Thaumaturg? Grimm weiß es nicht.
Doch die Gelegenheit war zu schön.
Was hast du mit mir gemacht?!
Grimm hat Ihnen das Leben gerettet.
Da ist noch mehr, ich spüre es!
Du ...
Du hast aus mir ...
... einen Infizierten gemacht?
Nein, das ist nicht möglich.
Aber sagen wir, dass Grimm Ihnen, da er nicht immer überall sein kann ...
... ein Geschenk anvertraut hat.
Oder eine Verdammnis, je nach Sichtweise.

Halt!
Meine Herren, es freut mich, dass Sie den Gefangenen so zahlreich bewachen.
Wer hat Ihnen die Erlaubnis erteilt, herzukommen?
Aber Kapitän, das ist ...
Ich weiß sehr wohl, wer das ist! Darum geht es nicht!
Hier bitte schön, wenn Sie das beruhigt.
Ein Passierschein, der mir freien Zugang garantiert.
Der Zutritt ist nur Generälen und Ärzten erlaubt.
In diesen Mauern gilt kein Passierschein. Die Regeln sind streng.
?
Wer Sie hergelassen hat, wird von mir hören!

Ich bestehe darauf.
Sie müssen mich durch-lassen.
Piodon!

Die von der Inquisition eingesperrten Nemesis, die in den Straßen freigelassen wurden ...
Betrachte sie als kleine Fische, Nichtigkeiten.
Sonst wäre es der Inquisition nicht gelungen, sie einzufangen!
Sagst du! Skohell war unter ihnen!
Mir egal! Er ist ein Nichtsnutz!
Pranken, groß wie ein Mann, aber ohne jeglichen Jagdinstinkt! Eine Verschwendung!

Nach dir! Ich habe dir ein paar Exemplare vorbereitet ...
Verbinde dich mit deiner Wildheit.
Oh!

Ich würde gerne sehen, wie es die Inquisitoren mit denen auf-nehmen!

Wie hässlich sie sind!
Ha ha ha!
Hi hi!

Deine ach so blauen Augen, an jeder Seite deiner Nase ...
Hmm ... Mhh ... Dummdi-dumm ...

Deine Nase, so hohl, dass Luft darin zirkuliert.

Sollen wir den wirklich als potenziel-len Verräter betrachten?
Es ist schwer, einen alten Irren ernst zu nehmen.
Der Schein kann trügen.

Ameisen, die es auf mein Essen abgesehen haben!
Dort, versteckt!
Was ist los, Marschall?
Beim Patrem! Glaubt ihr denn, ich sehe euch nicht?

Marschall! Eine dringende Nachricht von General Torque!
?
Es wird offiziell nach Kapitän Dragunov gefahndet!

Dragunov?
Aber das bin ja ich!
Nein, ein anderer, Marschall ...
Ein anderer Marschall? Wie viele sind wir denn?
Ein Inquisitor mit einer Augenklappe!
Er hat mit Domitoren und Hexern komplottiert, unter anderem dem Gehörnten!
Er ist bewaffnet und gefährlich und muss tot oder lebendig geschnappt werden!

Wir gehen ... Schönen Tag allen!
Richtet dem anderen Marschall schöne Grüße aus!

Hm ... Dragunov und die Domitore?
Dabei hat er uns doch gestern Abend alle gerettet.
Oder er ist ein mittelmäßiger Verräter.

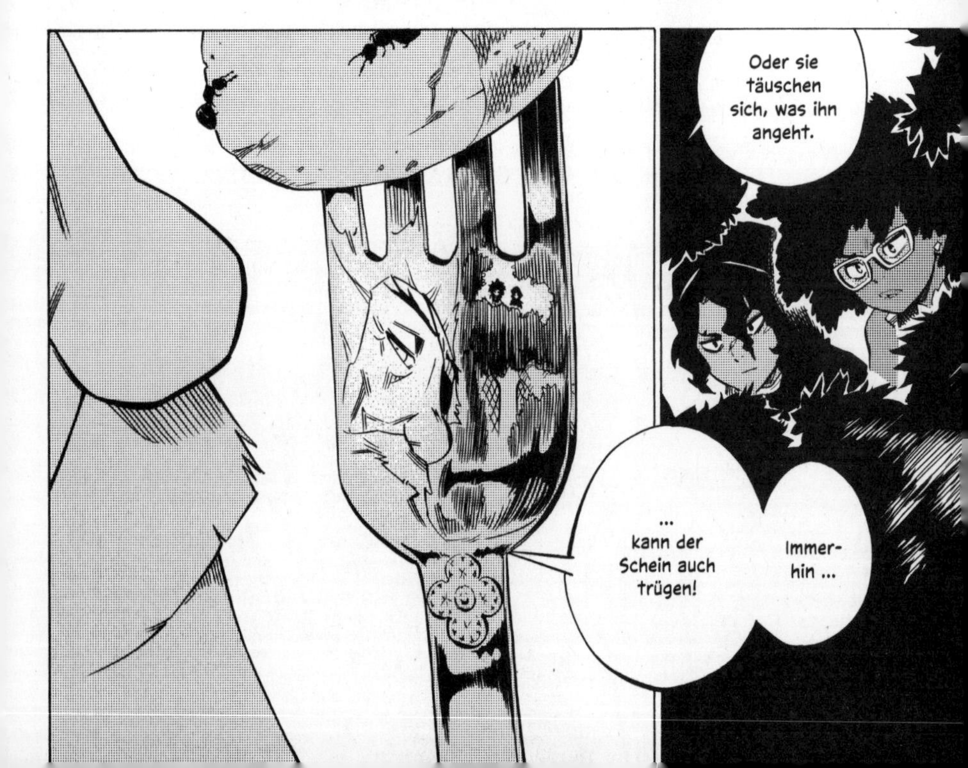
Oder sie täuschen sich, was ihn angeht.
Immerhin ...
... kann der Schein auch trügen!

Er spricht mit uns!

Von wem sprechen Sie, Marschall?
Von den Ameisen, Herrgott! Sie sind überall! Sie spionieren mir nach!
Kommen Sie, wir begleiten Sie zu Ihrem Gemach.

Schwer, einen alten Irren ernst zu nehmen, hm?
Dabei folgen wir ihm überallhin und bewachen ihn ...

Jemand überwacht ihn.
Zum Glück seid ihr hier, um auf mich aufzupassen.
Ständig.

Sie ist auch noch wählerisch.
Du warst genauso, als du Samjoko gewählt hast.
Nein!
Und nein!
Nein!

Jetzt, da ihm ein Flügel fehlt ... muss ich einen anderen wählen.
Pfff ... Und all das wofür?

Hab etwas Respekt für unsere Befreier!
Sie haben uns auf eine höhere Stufe der menschlichen Evolution gehoben!
Vergiss es!
Dein Nemesis ist kein Schwert, das man wegwirft, weil es unscharf geworden ist!

Wir sind komplett an sie gebunden!
Eine Vase?
Nicht besonders beängstigend!
Ha ha! Er ist drinnen!
Er war an einen großen Domitor gebunden.
Seit seinem Tod hat der Nemesis alle, die ihn zu bekämpfen versuchen, in die Knie gezwungen.
Sag doch gleich, er hat sie getötet.
Still! Das gehört zu den Risiken!

Deine Füße, ausgestattet mit Zehen, ermöglichen es dir, dich aus dem Gleich-gewicht zu bringen! Dein Kopf, mit Poren versehen, ermöglicht es dir, sehr gut zuzuhöööören!
Und dann deine Baaaaacken! Oh! Oh! Oh! Sie schützen deine Zääääähne! Ah! Aah! Aaaaah!
Ich kann nicht mehr ...
Ich will sterben!

Kapitel 122
Hab keine Angst vor mir

Das Siegel, das es zusammenhält, ist ein Vermächtnis unserer früheren Anführer ...
Verbessert vom größten Domitor, der je existiert hat.

Nergal.
Der Einzige, der sich an mehrere Nemesis gleichzeitig gebunden hat.
Und ich spreche von einer kontinuierlichen Bindung.

Nicht wie der temporäre Zauber, den ich gestern benutzt habe, um die Nemesis aus den Käfigen zu führen.
Du weißt nicht mal, wie es funktioniert, verdammt!
In dem Moment, in dem du das Ritual beginnst, bist du allein gegen ihn! Wir ...
Stopp!
Soll sie doch krepieren, wenn sie es so eilig hat!
Gegen »sie«.
?

Keine Angst, Großnase.
Wir wer-den uns prima verstehen ... Ich liebe sie jetzt schon!

Sind wir verbunden?
?
Oooh! Diesen Ort des Sidhs kannte ich nicht!

Verdammt! Das läuft von Anfang an beschissen!
Was hast du bitte erwartet, Opilion?
Ihr einen von Nergals Nemesis zu geben?
Sie kann frei entscheiden, welchen sie möchte.
Aber sie hat nicht mal eine Waffe!

Ja ... Das ist in der Tat übel ...
Ein bisschen ärgert mich das schon!
Ich hatte wirklich an die Kleine geglaubt.
Hoffen wir, dass Lil sie tötet, ohne sie lange leiden zu lassen.

RRR
RRR
Au!
Umpf!
Warum?

Der Nemesis hat Angst! Ich spüre es!
Die Bindung verknüpft unsere Gefühle.
Geben wir ihr einen Grund, uns zu fürchten.
Huch?! Sie verweigert unsere Kontrolle!
Ich hole sie mit aller Kraft zurück!
Das hat bei mir geklappt ... Aber nicht bei ihr!
Ich bleibe nicht hier und sehe dabei zu, wie dieses Ding mich lyncht.
Sie tut nichts weiter, als uns das zu geben, was ihr jahrelang angetan wurde.

Warum?
Ich liebe dich!
Himmel! Sie deliriert!
Warum tust du uns weh?
Sie war zu lange Zeit allein ...
... mit unseren Erinnerungen.
Sie unterscheidet sie nicht mehr von der Realität.
Hör auf ... Bitte ...
Hi hi hi!
Ich bitte dich ...

Hab keine Angst vor mir, liebe Mama!

Keine Spur von ihm, General.
Weder unten im Turm, wo er abgestürzt ist, noch woanders.
Als wäre er verschwunden.
Verdoppelt die Patrouillen, ruft die ruhenden Wachen ...
Die Suche muss verstärkt werden!

Mein General ...
Ein Großteil unserer Leute ist bereits damit beschäftigt, den Angriff abzuwehren.
Ein weiterer Teil der Truppen ist dem Gefängnisturm zugeteilt.
Alle sind im Einsatz, keiner in Reservestellung.

Nichts kann sich dem Turm nähern, ohne Alarm auszulösen.
Und was die Flucht angeht ... Die ist durch die innere Struktur absolut unmöglich.
Vierhundert Soldaten hierzulassen dürfte reichen.
Nehmt die Hälfte der Soldaten und verteilt sie unterm Volk.
Dragunov will unbemerkt bleiben und meidet sicher das Kronendach.
Bewacht Krankenhäuser und Ärzte.

Wenn er überleben will, muss er erst die Wunde versorgen, die ich ihm zugefügt habe.
Und er muss sich vom Patrem-Hügel entfernen.
Ich begebe mich zum Veteris-Hügel, dort kommt er gezwungenermaßen vorbei.
Tooorque!

Komm her, du Dreck-sack!
Wag es nicht, mich länger zu meiden!
Majestät, Ihr könnt nicht ...
Ihr habt keine Audienz beim General!
Der König braucht keine Audienz, du Wurm!

Was soll das Ganze?!
Mein Palast ist voller Soldaten auf der Suche nach Dra-gunov!
Das ist kein guter Zeitpunkt, Majestät!

Das ist mir scheißegal! Der Königspalast ist mein Zuhause.
Die Inquisition hat keinerlei Autorität über den König!
Wenn du nicht sofort deine Sklaven zurückholst, schwöre ich dir, veranstalte ich ein Massaker!
Dragunov wird wegen Verrats gesucht. Er hat mit den Domitoren komplottiert.
Dragu ein Verräter?
Er hat uns gestern Abend mit Bellarmin die Haut gerettet!
Das ist, was er Euch glauben lassen will!

Ich weiß, was ich gesehen habe!
Und ich hab meine eigenen Palastwachen. Ich brauche deine nicht auch noch!
Seid ehrlich.
Im Falle einer echten Bedrohung nutzen Euch Eure Krieger-lein nichts.

Wir sind hier nur zu Dekorationszwecken! Wir sind Schachfiguren ...
Wir spielen an Eurer Seite nur eine dämliche Rolle.
Bome hat genug gelitten.
Ich würde jetzt gerne vermeiden, seinen König zu verlieren.
Doch wenn Ihr es wünscht, platziere ich die Truppen außerhalb vom Palast statt drinnen.

Genießt Eure Gärten, Eure Pools ... Lebt Euer Leben als König.
Doch verlasst nicht mehr die königlichen Viertel.
Und behindert nicht mehr die Arbeit unserer Truppen.

Hier sind wir überhaupt nichts wert!
Und wenn Euch das nicht bewusst ist, dann ...
... weil Ihr kein bisschen nützlicher seid als wir!

Widerlich!
Es ist lange her, dass sich so viele Inquisitoren in die Unterstadt begeben haben.
War nach gestern Abend aber zu erwarten.
Sie suchen die Domitore!
Tu nicht so, als hättest du nichts damit zu tun.
Du bist einer von ihnen!
Glaub, was du willst.
Ich glaube nichts, ich stelle nur fest.

Du hast uns eingegrenzt, um Seth Adhes auszuliefern, wenn ich nicht irre.
Zufällig hast du Handlangerdienste für sie erfüllt.
Ich bin nicht mit all ihren Methoden einverstanden ... Doch sie verteidigen ein Ideal.
Pff, aber wozu es dir erklären?

In deinem Reich der Infizierten ...
... musstest du nicht täglich gegen alle kämpfen ... Um das einfache Recht zu verteidigen, zu existieren.

Das stimmt.
Ich musste mich nie ver-stecken wie ihr hier.
Doch ich weiß, was es be-deutet ...

... von nahe-stehenden Men-schen manipuliert zu werden.

Man kann sich hinter irgendwelchen Worten verstecken.
»Die Verteidigung der Infizierten ...«, »Ich teile mein Land nicht ...« Es ist alles dasselbe.
Nichts rechtfertigt einen Angriff wie den euren von gestern Abend.

Wie den ihren.
Ich mache bei solchen Sachen nie mit. Hameline hätte das nie gewollt.

Hameline. Doc hatte mir erzählt ...
... sie hätte sich in Rumble Town geopfert, damit Seth und Melie fliehen konnten.
Bitte, haltet durch ...

Ich geh mich in der Sporthalle abreagieren, sonst schwöre ich, dass ich dem nächstbesten Inquisitor, dem ich begegne, das Gesicht begradige.
Dieser Vollpfosten von Torque behandelt mich wie einen Vollpfosten!
Ich glaube, er hat uns vergessen ...

Sind die Wachen weniger geworden?
Sehr gut, jetzt bleiben nur noch …
… ungefähr tausend Milliarden Soldaten.

Und was wohl Piodon von mir will, der aus dem Nichts aufgetaucht ist?
Er hat sich damit begnügt, uns der Folter durch die Inquisition zu überlassen.
Und Triton ist nie wieder aufgetaucht …

Mist …
Ich bin erledigt.
Es bleibt mir nichts anderes übrig, als …

BA-OOM
... hier mächtig einzuheizen!
Kapitel 123
Die Geisterschwadron

BZZZZZ...
SHHHHHHH...
ZZZZZZ...
DOO...
...OOM

Nemesis?
Die kommen von überallher!
Es klappt! Ich hab sie durch das Holz freigelassen!
Der Turm ist voller Nemesis!
Verriegelt alle Tore!

Sie dürfen nicht entkommen!
Versiegelt den Eingang!
Im Turm wimmelt es von Nemesis!
Was ist passiert?

Er ist in Aktion getreten.

Sie sind in den Fluren eingeschlossen ...
Also wurde ihnen niemand ausgesetzt!
Aber wir sitzen in der Falle!
Was ...?!
Das Gleiche in der unteren Etage.
WOQ
Aaaah!
Macht auf!
Das kommt nicht infrage!
Wir müssen die Bedrohung eindämmen!

Syrdon! Was haben Sie vor?
Jetzt schützt uns das Gitter nicht mehr!

KLANG!!!
FSSH
KCHH
KLANG
WOOOOSH

Da oben herrscht ziemlicher Lärm!
Sollten wir ihnen nicht helfen, Kapitän?
Wir halten unsere Stellung!
Wenn sie es nicht schaffen, die Nemesis aufzuhalten ...
... sind wir der letzte Schutzwall!
Das ist Code Zinnober-rot!
Solange die Gefahr nicht gebannt ist, gilt unsere Aufmerksamkeit jetzt nur ...

DOO... ...OOM
... diesem Tor!
Seid gegrüßt.
Was ist das?
Nein, ich habe ihn da drüben runterfallen sehen!
Ein aus dem Turm geflohener Nemesis?

Seid gegrüßt!

Er spricht! Das ist ein Hexer!
Schließt den Kreis ...
Wir müssen ihn festhalten!

Das ist Kapitän Dragu-nov!

Haltet den Kreis geschlossen!
Was ist mit mir geschehen?
Wahrt die Distanz!
Ihr habt es gehört! Er ist ein Komplize der Domitore!

Dieses Auge ist verhext!
Ich spüre ... Grimm ...

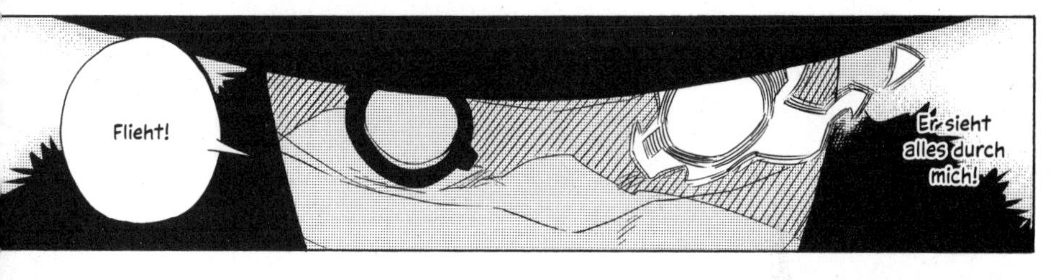
Er sieht alles durch mich!
Flieht!

Flieht!
Lasst euch nicht einschüchtern!
Allein kann er gegen eine Armee nichts ausrichten!
Allein?! Ha ha ha!
Diese Fantasia ... Das bin nicht ich!
Ich habe keinerlei Kontrolle über sie!
Seid so nett, sie willkommen zu heißen ...

Die Geister-schwad-ron!

WOOO...
Er hat mich zum übermittler seiner Macht gemacht!
Zu seiner Marionette!

Der Eingang wurde von einer Armee von Hexern angegriffen!
Wie haben sie sich unbemerkt so nähern können?
Schnell, Oberst! Wie lauten die Befehle?
Verdammt!
Bombardiert sie!
Und unsere Männer?

Entsendet alle Flugschiffe zur Unterstützung unserer Bodentruppen!
Sie sollen ihre Netze rüsten!
Und wir?
Wir ...
Wir fliegen nach Veteris und benachrichtigen General Torque!

Die Flugschiffe decken nur eine Seite!

Puh! Das war hart!
Aber ich habe es geschafft, sie alle zu befreien!
Jetzt muss ich nur noch ...
?!

Hey.
Hallo, Seth!
Ganz schön viel Zeit vergangen ...

Bist du hier, um mich zu befreien ...
... oder weil du Angst hast, ich haue ab?
Verdammt, das ist wohl eine Gewohnheit von dir, deine Brüder einzubuchten!
Wie heißt du gleich? Syrdon? Piodon?
Ist mir eigentlich egal. Hör gut zu ...

Eines Tages werde ich dafür sorgen, dass du bereust, was du Diabal und Triton angetan hast!
Das schwöre ich dir!

Du kannst das nicht verstehen ...

Mag sein.
Ich hab jetzt kei-ne Zeit.

Du scheinst es nicht zu begreifen, Seth.
Du kannst hier nicht raus!

Doch!

Kapitel 124
Ein Soldat von Grimm

Ich war nicht sicher.
Dieses vertraute Gefühl ...
Als mich Lupa eingegrenzt hat.
Als ich die Dinge auf mir eingegrenzt habe.
Und die Nemesis.
Ich habe diese Verbindung mit dem Sidh gespürt!

Die Rollen, die Erinnerungssteine, Jills Holz, meine Haut ...
Das ist alles ein Übergang!
Alles, was eingegrenzt wird, geht in den Sidh, das fühle ich!
Wohin? An einem isolierten Ort! Myr konnte uns nicht finden!
Doch ich bin sicher, dass ich beim Beobachten der Nemesis, die meine Haut durch das Holz verlassen haben ...

... den Weg hätte sehen können, den sie eingeschlagen haben, um ihnen ein Stück zu folgen ...
Und ich hätte den Weg jederzeit verlassen können!
Mit anderen Worten: mich eingrenzen ...
... und mich befreien!
ZOOOM
Ha ha ha! Endlich frei!

STAMP!
Sei gegrüßt, Gehörnter!
Grimm?!
Grimm versteht deine Überraschung ...
Doch eigentlich müsste Grimm sich wundern, dich so plötzlich aus einer Blume hervorsprießen zu sehen!
?
Grimm ist hier, um dir bei der Flucht zu helfen!
Mir egal! Du hast Hamelines Nemesis geklaut und bist abgehauen!
Ich hatte dir vertraut, Grimm!
Jetzt nicht mehr!

Sieh mal an, wer fliegen gelernt hat!
Scheiße!
Wenn meine Arme nicht frei sind, kann ich meinen Flug nicht kontrollieren!
Da oben! Ein Hexer auf der Flucht!
Rumms
Neiiin!

Ich bin nicht aus einer Zelle geflohen ...
... um der Inquisition wieder ins Netz zu gehen!
WOOOOOSHHHH
Er zieht das Flugschiff mit!
Haltet euch fest!
Aaaah!

?
Verdammt, das kann doch nicht sein!
Grimm hatte nicht vor, die Nemesis gegen jemanden zu verwenden!
Doch er braucht sie, um einem Domitor zu begegnen!
Und du wirst ihn begleiten.
Vergiss es!
Was, wenn ich sage, dass sie dort deine Freundin Melie gefangen halten?

Wir sind weit genug vom Zimmer des Obersts entfernt ...
Wir sind noch immer in Bome?! Viel zu nah!
Sie weiß, dass ich infi-ziert bin, ganz bestimmt!
Sie hat mich außerdem mit ihrem Sohn zusammen gesehen!
Sie wird mir bestimmt alle Inquisitoren von Pharenos an die Fersen heften!

Vielleicht etwas über-trieben, aber okay!
Ihr solltet einen Rückzug erwägen, Ritter Doc, der Groß-zügige!
Ha, ich wusste doch, dass wir drei uns irgendwann verstehen würden!

Wir zwei ...
Ich fürchte, nur Euer Diener Lord Arto hat überlebt ...
Unser lieber Lord Landlake ist von uns gegangen ...

Er war in Euren Gedärmen an vorderster Front ...
Er hat den Großteil der Silberspäne abbekommen, die Ihr bei Eurer Ankunft in Bome aufgenommen hattet.
Fassen wir all unseren Mut zusammen! In Erinnerung an unseren verstorbenen Entstorbenen!

Alle Inquisitoren mit mir!
Auf dem Patrem-Hügel wurden Hexer gesichtet!
Ich wusste es!

Ich ergebe mich!

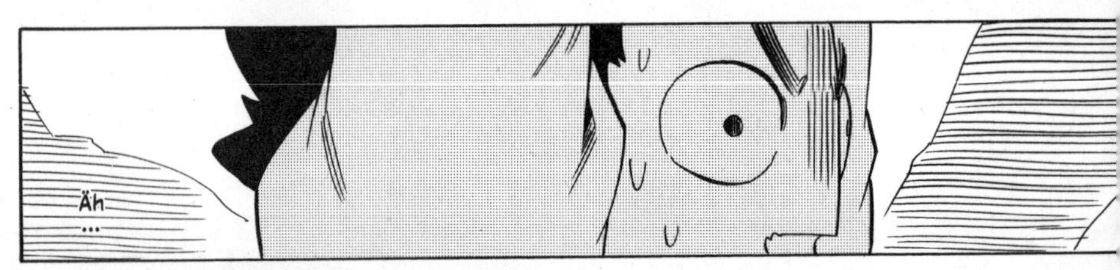
Äh ...

Wie viele sind es, Kapitän?
Eine ganze Armee hat den Gefangenenturm angegriffen!
Da hat sicher Seth was mit zu tun!
Sehr gut!

Warum rast du so dicht an den Mauern vorbei?
Nahe der Soldaten und Gebäude zielen sie nicht auf uns!
Einige Einheiten haben dich und Grimm auf der Abschussliste!
Zum Glück sind die meisten Truppen noch mit der Überwachung des Turms beschäftigt.
Und das kannst du alles von hier aus sehen?
Jemand anderes kümmert sich darum, die Aufmerksamkeit der Soldaten auf sich zu ziehen.
Wer?
Ein vom Schicksal bestimmter Verbündeter, ein Soldat von Grimm.

Da kommt was auf uns zugeflogen!
Wo?
Da drüben!
Hexer!
Seth! Grimm!
Wie kann ich sie rufen, ohne sie zu rufen?
Was, wenn sie mich nicht sehen und ich für immer hierbleiben muss?
Dann wüssten alle, dass ich ihr Komplize bin!
Im Sidh vielleicht? Seth!
Seth! Huhuu!
Seth! Hier drüben!
Waaaaaah!!
Oh!
Grimm! Schnell nach oben!
Wir können nicht anhalten!
Nach oben!

Er hat mich gesehen!
Doooc!
Seeeth!
Vorsicht, Kleiner!

Nein!
Ich gehe nicht ohne dich fort!

Hab dich!
Ha ha ha!
Seth ... Ich war mit Inquisitoren in einer Inquisitorenschule ...
... mit einem kleinen Thaumaturgen und seiner Thaumaturgenmama ...
Ich hatte gehört, dass man dich hinrichten würde ...
Und ich dachte, dass ...
He, Doc! Beruhige dich, ich lass dich nicht mehr allein!
Wir hauen beide ab!
Wir gehen Melie bei den Domitoren holen!

Gaaaaah!
Sie haben einen Schüler entführt!
Seth?

Die Bäume halten die Flugschiffe auf ...
Es wird Zeit zu verschwinden!

Es kommen immer mehr!
Grimm! Ich weiß, dass du mich hörst!
Ich darf ihnen nicht in die Hände fallen!

Deine Macht wird schwächer, ich kann sie nicht mehr halten!
Sie werden mich tö-ten!
Grimm?
Wo bist du?!

Sie werden im Mittelpunkt der Aufmerksamkeit stehen und eine wesentliche Perspektive zu dieser Situation beitragen.
Dank Ihnen fliegt Grimm durch diese Orte, ohne gesehen zu werden.
Kommst du nicht?
Nein.
Ich kann nicht alleine in der ersten Reihe stehen ...
... vor der gesamten Inquisition!
Sie werden nicht alleine sein!
Das klingt so einfach!
Doch bevor ich gehe ...
... vertrauen Sie Grimm ...
... Ihr Wunder an.
Sie bekommen keine andere Gelegenheit zur Flucht.
Wer sagt mir, dass du es nicht gegen mich verwenden wirst?

Niemand.
SHHH
Sie sind gezwungen, Grimm zu vertrauen.
Ich vertraue niemandem mehr.
Die Inquisition hat alles Vertrauen aufgebraucht, das ich hatte.
Verständlich. Da musste Grimm auch durch.
WOOSH
STOM

Zum Glück gibt es die Hexer.

Ja ... Zum Glück.

Hier entlang, Wiesel.
Ich habe hoffentlich nicht zu lange gebraucht?
Es wimmelt überall von Inquisitoren ...
Ich musste eine Menge Umwege fahren, um zu ...

Ah!
Nimm das andere Boot!
Ich halte dich nicht auf.

Wo haben sie Melie eingesperrt?
Keine Ahnung.
Ich war nie Teil des harten Kerns ...
Der Zutritt zu den Verstecken war mir nicht erlaubt.
...
Seth?

Sofortige Zusammenkunft am Nest.
Grimm kommt näher, um uns den Gehörnten zu überbringen.
Er ist autorisiert, Adhes zu treffen, das war abgemacht.
Hast du gehört? Auf geht's!
Pherseone geht mir mit ihrer hochmütigen Art echt auf den Geist!
Ich bleibe hier.

Ich lass die Kleine während des Rituals nicht allein.
Das ist meine Pflicht.

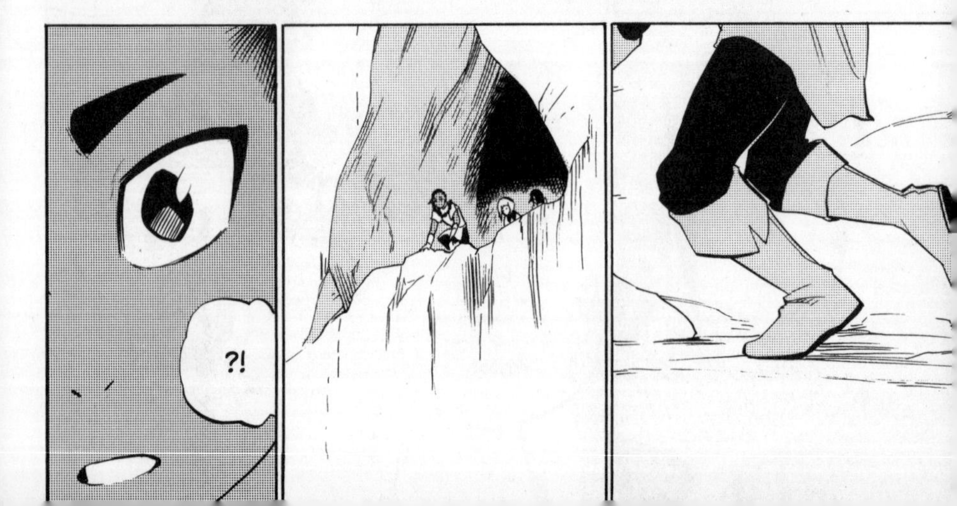
?!

Domitore!

Ist das ein Streich? Wo ist er?
In Sicherheit. Wo ist der Anführer der Domitore?
In Sicherheit.
Und du bekommst ihn erst, wenn du uns den Gehörnten übergeben hast.
Hier ist er.
Doch ich übergebe ihn euch nur in Gegenwart von Adhes.

Nein ...

Grimm wird nicht ...
Er liefert Seth doch nicht aus, oder?!

Doch. Ich spüre Seth in der Fantasia.

Es ist kompliziert. Dieser Hexer häuft eine Menge Fan-tasia an ...
Doch ich spüre es ... Seth ist da.

Seien Sie mir willkommen.
Ich habe von dem schönen Geschenk gehört, das Sie mir übergeben möchten.
?
Es sind zu viele!
Diabal, mach dich unsichtbar und klau ihm die Rolle!
Nein, nein ...
Was hast du?!
Nein ... Ich kann nicht ...

Er kommt ... Ich fühle ihn!

Was für eine nette Gesell-schaft!
!!
Wem oder was verdanken wir diese Zusam-menkunft?

Keine Sorge, ich bin nicht wegen euch hier.
WOOOOOOOOSHH

Ich bin hier, um meinen Bruder zurückzu-holen ...

Fortsetzung folgt ...

<u>Warwick W.</u>: **Hallo, Tony! Ist das die Kurzform von Anthony?**

<u>Tony Valente</u>: Ganz und gar nicht!

Ich mach nur Spaß, ich schicke diese E-Mail nicht wegen einer solchen Frage.

Himmel, ich war voll drauf reingefallen …

Wie es schon viele vor mir gesagt haben, finde auch ich *Radiant* einfach großartig und gelegentlich tun sich mir ein paar Fragen zu Ihrer Geschichte auf (nicht viele, keine Sorge). In Band 13 haben Sie erklärt, dass Seth auf der Ebene der Macht als 178 im Parallelkreis eingestuft wurde. Welche Stufe hat er jetzt mit seiner neu erworbenen Beherrschung der Fantasia erreicht? Ich schätze sie in der Dreieckskonstellation auf 42, aber Sie sind der Experte!

42? Das ist aber ziemlich viel! Ich würde eher sagen: hellbraun, seitlich verdreht … Aber darüber lässt sich streiten. Auf jeden Fall ist es keine pure Kraft, sondern es sind neue Fähigkeiten, die viele Möglichkeiten bieten werden! Wie zum Beispiel das, was er im letzten Kapitel dieses Bandes macht …

Zweitens (eine etwas ernsthaftere Frage): Sind die von Seth gepflanzten Bäume die einzigen, die Fantasia produzieren? Woher kommt all die Fantasia, die in der Welt so reichlich vorkommt, wenn die Menschen sie nicht wiederverwerten? »Reichlich« ist ein starkes Wort, wie Myr erklärt, aber das sind meine Fragen!

Ich kann nicht zu sehr ins Detail über die Ursprünge der Fantasia gehen, es gibt viele Dinge, die die Geschichte erst nach und nach enthüllen wird … Aber die Bäume, die Seth wachsen lässt, sind anders als andere Bäume, ja. Sie ähneln eher denen, die man im Wald von Caillte findet!

<u>Juliette G.</u>: **Guten Tag. Zuerst einmal, Glückwunsch zu *Radiant*, das ich abgöttisch liebe mit all seinen interessanten und liebenswerten Charakteren (ich liebe sie praktisch alle). In diesem Zusammenhang wollte ich wissen, ob es Absicht ist, dass man immer die Entscheidungen sowohl des Helden als auch des Antagonisten gut verstehen kann? (Ich hoffe, diese Frage ist nicht respektlos).**

<u>Tony Valente</u>: Ja, das ist Absicht. Ich mag es, mir vorzustellen, dass jeder Charakter der Held seiner eigenen Geschichte ist. Wenn man seine Motivation nicht versteht, wäre das aus meiner Sicht nicht schlüssig! Allerdings bleiben einige andere Figuren geheimnisvoll, aber auch das ist beabsichtigt.

Als Nächstes würde ich gerne wissen, ob Torque Augenbrauen hat. Entschuldigung, wenn die Frage seltsam erscheint, aber in Band 3 scheint er welche zu haben und in Band 4 nicht.

Ach ja?! Muss mal nachsehen … Stimmt, sieht so aus, als hätte ich ihm in Band 3 Augenbrauen gemacht! Ich denke, ich war noch dabei herauszufinden, wie ich die Falten darstellen soll, die seine Augenbrauenbögen formen … Und dabei habe ich ihm wohl Augenbrauen gezeichnet.

Und was die Details betrifft, haben die Ringe, die die Charaktere tragen, eine Bedeutung? Viele Thaumaturgen tragen welche, wie z. B. Dragunov, Santori, Torque usw.

Ja.

Und als letzte Frage würde ich gerne wissen, woher Sie Ihre Inspiration für die Kleidung nehmen. Wie schaffen Sie es, die Kleidung der verschiedenen Charaktere zu variieren?

Ehrlich gesagt ist viel Freestyle dabei. Ich stecke meine Nase oft und gerne in Bücher über traditionelle Kostüme und entnehme daraus diverse Elemente. Und je nachdem, wo sich die Figuren befinden, ändere ich meine Referenzen: In Bome war es teilweise griechische und römische Kleidung aus der Antike, in Cyfandir hab ich mich eher vom europäischen Spätmittelalter inspirieren lassen, mit vielen Tartanmustern, die an die traditionelle Kultur in Großbritannien erinnern. All das mit einem zeitgenössischeren Touch bei Zubehör wie Reißverschlüssen, Brillen etc. Freestyle eben!

Bill: Guten Tag. Zuerst möchte ich Ihnen sagen, dass *Radiant* bei Weitem der beste Manga ist, den ich je gelesen habe, wegen seiner charismatischen Figuren (Dragunov, den ich seit jeher im Herzen trage), wegen seines schrägen Humors und seiner spannenden Handlung. Es ist übrigens das erste Mal, dass ich einem Mangaka schreibe – das sagt schon alles!! Kurzum, hier ist meine erste Frage: Pharenos ist das Universum, in dem *Radiant* spielt, aber ist es der Name des »Planeten« oder eines Teils des Planeten, praktisch ein Kontinent?

Tony Valente: Es ist tatsächlich der Name der ganzen Welt!

Vielleicht sehe ich überall Referenzen (und ich bin ein unbestrittener Fan), aber gibt es eine Referenz zum mythischen Spiel im Zauber »Thunder Tail« von Yaga (Band 12)?

Oh! Nein, das kenne ich in der Tat nicht mal …

Kann man die Rüstung von Pen Draig reparieren? Denn sie sah verdammt cool aus!!

Wir werden sie wiedersehen, keine Sorge! Ich habe zu lange darauf gewartet, sie einzuführen, und da kommt es nicht infrage, sie tatsächlich für immer wegzusperren! Übrigens würde ich sehr gerne eine größere Episode über die Kultur von Cyfandir erzählen, mit den Rüstungen als Kernpunkt der Geschichte. Ich werde mal sehen, wie ich das in mehr oder weniger naher Zukunft umsetzen könnte.

Und schließlich wollte ich Sie fragen, wo man Ihnen folgen kann, ob Sie eine Website, Twitter oder Instagram haben?

Auf Instagram ist mein Benutzername tonytonyvalente. Tony Valente war schon von einem amerikanischen Karateka bbelegt, der gerne auf Papierblätter oder Wasserflaschen schlägt und dabei herumbrüllt. Ja, wirklich, schau nach, wenn du mir nicht glaubst!

Rebecca B. E.: Guten Tag, Herr Valente! Mein Bruder und ich sind große Fans Ihres Mangas. Die letzte Story über die Hexenritter war großartig! Ich fand Königin Boadicea besonders beeindruckend, und sie machte sich hervorragend als Kriegsführerin. Ich habe demnach ein paar Fragen zu ihr: Woher kommt ihr Name?

Tony Valente: Ooh là, là, Königin Boadicea … Dass sie so beliebt ist! Das freut mich wirklich sehr!
Sie ist von einer legendär historischen Figur aus der britischen Kultur inspiriert. Sie war aus der Not heraus Kriegsführerin und soll den römischen Armeen, die Großbritannien kolonisierten, eine Abreibung verpasst haben. Wenn du sie nicht kennst, solltest du unbedingt etwas Zeit dafür aufwenden, ihre Geschichte zu lesen, sie ist faszinierend!

Während des Ritterschlags spricht sie von ihrem Ehemann, der Cyfandir vereinigt habe, sagt aber auch, dass sie noch ein Kind war, als das geschah: Hat sie so jung geheiratet?

Sie wurde sehr jung verheiratet, ja, wie es oft in traditionellen Kulturen der Fall war …

Wurde sie also durch Heirat und nicht qua Geburt zur Königin? Wurde sie adoptiert, wie Ocoho?

Es war die Heirat, die ihr diesen Status verlieh.

Und dann fragt ich mich, wie ein Nemesis auf eine Fantasia vernichtende Maschine reagieren würde. Würde er abgestoßen? Geschwächt? Getötet?

Ich werde irgendwann auf diese Maschinen zurückkommen, deshalb möchte ich nicht zu viel darüber verraten. Ich kann nur sagen, dass ich ihnen einen Namen gegeben habe, der noch nicht im Manga vorkam, aber im Anime erwähnt wurde: »Harmonizium«.

Adrien M.: Guten Tag, Herr Valente! Ich habe gerade *Radiant* entdeckt und muss zugeben, dass ich einfach liebe, was Sie tun, es ist der Hammer! Besonders mag ich, was Sie mit Ocoho gemacht haben: eine Prinzessin, die sich dem Team anschließt, doch sie ist nicht die klischeehafte Prinzessin, die ihre Position von ihren Eltern erbt, keine Verantwortung tragen will und nur existiert, weil sie eigentlich Hilfe braucht. Im Gegenteil, sie ist eine Kriegerin, die ihre Position verdient hat und dort ist, um zu lernen, später eine gute Königin zu werden. Als Sie diesen Charakter erschaffen haben, war sie da von Anfang an eine Prinzessin und dann eine Kriegerin, oder war es umgekehrt?

Tony Valente: Es rührt mich, dass Ocoho so gut ankommt! Ich habe lange an ihr gearbeitet. Ursprünglich war sie eine Kriegerin aus einem Stamm mit einer Kultur, die sich sehr von der in Cyfandir unterschied, und sie sollte bereits in Band 1 erscheinen … Ich hatte das Gefühl, dass sie es verdiente, reicher zu sein als so, wie ich sie damals gemacht hatte, also habe ich sie überarbeitet. Ihr königlicher Aspekt kam mir ziemlich schnell in den Sinn, noch bevor sie im Manga erschien. Und ich habe alle Elemente so gut wie möglich angeordnet, um aus dieser Enthüllung einen prägenden Moment zu machen! Das ist eine der Szenen, bei der ich einen leichten Stolz verspüre, wenn ich sie noch mal lese, das gebe ich zu. Es ist selten, dass ich meine eigenen Seiten noch einmal lese, doch hier und da gibt es ein paar Szenen, die ich dabei nicht komplett ablehne und die mich sogar ein wenig stolz machen …

Einer der Brüder von Seth heißt »Diabal«, ein Name, der sehr an »Diable« (Teufel) erinnert, und »Seth« ist auch der Name einer bösen Gottheit in der ägyptischen Mythologie. Kommen ihre Namen daher, dass sie beide gehörnt sind wie kleine Teufelchen, oder hat das damit zu tun, dass sie von der Inquisition gejagt werden, als wären sie das personifizierte Böse? Gibt es eine ähnliche Logik für die Namen »Piodon« und »Triton«?

Ich beschäftige mich viel mit dem, was Gehörnte in unseren Kulturen darstellen, das ist ganz klar … Aber ehrlich, was gibt es Niedlicheres als eine kleine Ziege?!
Was die Vornamen angeht, ziehe ich es vor, die Frage vorerst unbeantwortet zu lassen.

Hugo B.: Hallo, Herr Valente! Zunächst einmal vielen Dank für Ihren Manga, den ich vor Kurzem entdeckt und innerhalb von zwei Monaten verschlungen habe! Jede Veröffentlichung ist ein aufregender Moment, aber darum geht es jetzt nicht. Heute werde ich Ihnen eine … nun, eigentlich mehrere Fragen stellen: Werden wir noch erfahren, wie Ocoho Draccoon kennengelernt hat?

Tony Valente: Das ist sehr wahrscheinlich!

In Band 10, Kapitel 69 erzählt Ocoho von einer »Bindung« zu Draccoon, die bestimmt magisch ist. Was ist damit gemeint? Ist sie für alle Hexenritter verpflichtend?

Es handelt sich hierbei um keine Bindung, die alle Hexer mit ihrem Reittier haben. Da Ocoho eine sehr komplexe Form von Gysoni praktiziert, dachte ich, dass sie eine viel stärkere Verbindung zu Draccoon aufgebaut haben sollte, da sie Gysoni recht häufig auf ihm angewendet hat.

Wer hat die Rüstung von Pen Draig hergestellt? Und wie wurde sie hergestellt?

Also, eigentlich ist das geheim, aber ich kann einen Auszug dessen wiedergeben, was man während der Herstellung vernehmen konnte: Fizzzz! Fbah! Dbah! Dbah! Aua! Oooooh!
Ansonsten, na ja, ich würde gerne viel über Rüstungen erzählen, das wird bestimmt mal ein Sonderkapitel oder so …

Noch eine letzte Frage: Haben Sie Ihre Freunde in den Manga integriert? Und hören Sie Musik, während Sie zeichnen? (Huch, das sind zwei Fragen …)

Was meine Freunde betrifft, nicht speziell. Außer Myr, der eine persönliche Version von einem meiner besten Freunde ist. Ein Kerl, mit dem ich einige Jahre lang ein Atelier geteilt habe, der mich auf eine ganze Reihe von Fragen über das Leben aufmerksam gemacht hat und der, ohne es zu wissen, ein Mentor für mich war, wie Myr es für Seth ist. Aber mir war nicht klar, dass Myr bis zum Ende des Storybogens der Hexenritter dieser Freund war!
Alle, die Myr mögen, sollten wissen, dass er auch im wahren Leben unglaublich ist. Lass mich noch eine kleine Anekdote hinzufügen: Es war Yusuke Murata (Zeichner von *One Punch Man*), der mich auf die Inspiration für Myr aufmerksam machte, indem er mir eine sehr treffende Frage über seine Natur und seinen Platz in der Geschichte stellte. Murata-sensei hat wirklich ein extrem scharfsinniges Auge, was die Elemente eines Mangas ausmacht!
Und was die Musik angeht: Ja, ich höre sehr viel Musik! Manchmal arbeite ich sogar mit dem Soundtrack der Anime-Serie von *Radiant* … Der ist einfach klasse!

Zoran: Hallo Tony. Zunächst einmal: Bravo und Glückwunsch zu *Radiant*, das es in die Top 2 meiner Lieblingsmanga geschafft hat. Außerdem liebe ich *Radiant* so sehr, dass ich mir wünsche, die Serie würde nie enden (aber ich weiß ja, man darf und sollte nie das Unmögliche verlangen …).

Tony Valente: Eine unendliche Serie ist schon eine lange Zeit … Doch wie wäre es mit der Hälfte? Was ist die Hälfte der Unendlichkeit? O_O

Frage 1: Auf dem Spine des Mangas war Ocoho noch nicht zu sehen, obwohl Draccoon schon das Vergnügen hatte … Wie ist das möglich?

Der Rücken dieses Bandes dürfte dir gefallen ^^ (für alle, die mit den Begriffen nicht so vertraut sind, der Rücken ist der Teil zwischen Titelseite und Backcover). Allerdings haben wir sie noch nicht auf der Rückseite des Buches gesehen. Das kommt bestimmt noch!

Frage 2 – Vorsicht, seltsame Frage! Lord Brangoire gibt zu, dass er sechs Brustwarzen hat, aber er bestreitet, dass sie unter seinem Bart sitzen. Stimmt nun, was die Dorfbewohner sagen, oder befinden sich seine Brustwarzen wirklich an einer anderen Stelle?

Er ist ziemlich schamhaft … Er hält diese Information sogar vor mir geheim!

Frage 3: In Band 13, Kapitel 100 hat Kommandantin Santia auf dem Regalia-Hügel einen etwas seltsamen Körper. Ist das auf ihre Infektion zurückzuführen oder gehört sie einer anderen Spezies an?

Sie ist einfach nur supergroß und dünn, und ihre Kleidung verdeckt die Form ihrer Gliedmaßen. König Herkles ist auch supergroß … In *Radiant* gibt es nur supergroße Menschen. Ich zeichne solche Kontraste ganz besonders gern.

Fantasy 13+

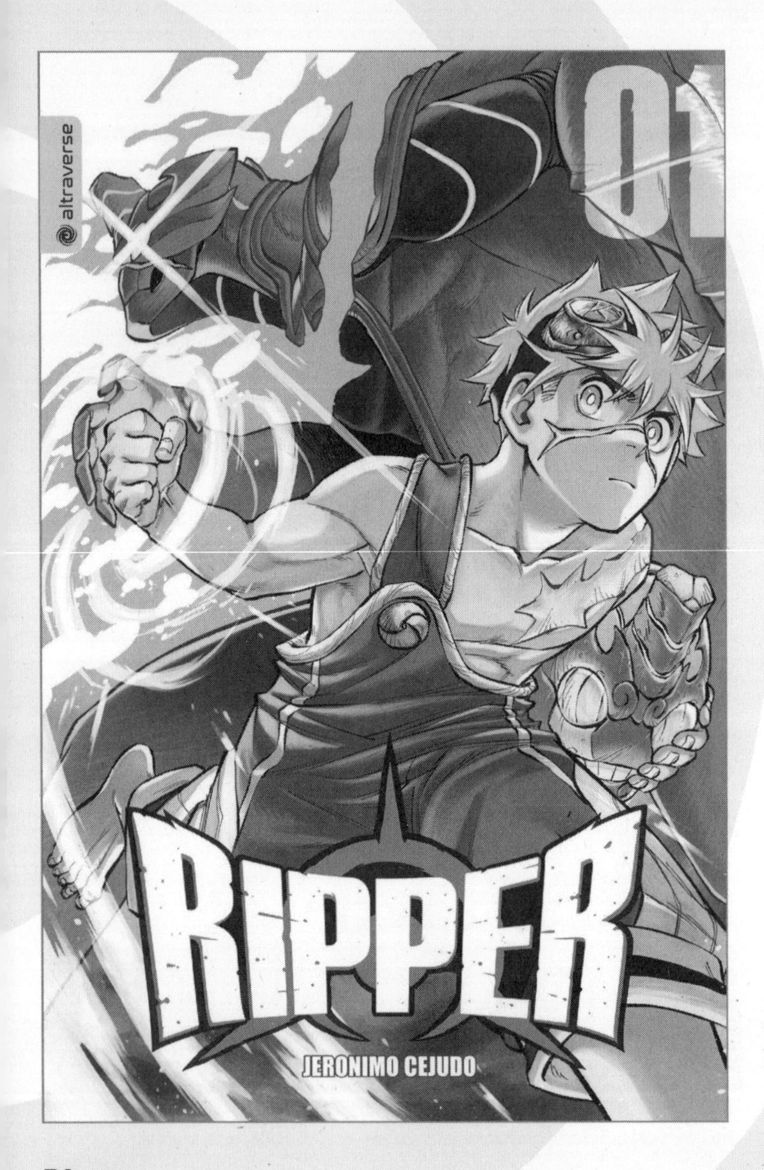

Ripper

Jeronimo Cejudo

Nach einer Katastrophe ist die Welt nahezu unbewohnbar, doch die letzten Menschen geben noch nicht auf. In der Hoffnung, ein neues Zuhause finden zu können, schicken sie eine Spezialeinheit namens Ripper los. Statt eines neuen Edens treffen sie jedoch auf einen Jungen namens Junk, dem die giftige Umwelt nichts anzuhaben scheint …

Drache & Chamäleon

Ryo Ishiyama

Garyo ist ein genialer Mangaka, dessen Serie sich über 150 Millionen Mal verkauft hat. Shinobu hingegen besitzt das Talent, andere Zeichenstile perfekt zu kopieren. Als die beiden eine Treppe hinunterstürzen, führt der Unfall dazu, dass sie sich im Körper des anderen wiederfinden. Während Shinobu das gut passt, muss Garyo nun sein eigenes Meisterwerk übertreffen.

Deutsche Ausgabe / German Edition
Altraverse GmbH – Hamburg 2024
Aus dem Französischen von Monja Reichert

RADIANT 16

Redaktion: Jörg Bauer
Herstellung: Marilis Pästel
Lettering: Vibrant Publishing Studio

Druck: Nørhaven A/S, Viborg
Printed in Denmark

ISBN 978-3-7539-2613-1
1. Auflage 2024

www.altraverse.de